Ana Alonso

La guerra de los dragones

Ilustraciones
de Violeta Monreal

ANAYA

Capítulo 1

En el reino de Donor viven dos clases de dragones: los dragones verdes y los dragones grises. Los verdes habitan en el Gran Valle. Los grises pueblan la Alta Montaña. El Gran Valle y la Alta Montaña se encuentran muy, muy cerca. Pero los dragones verdes y los dragones grises nunca se mezclan. Es más, ni siquiera se hablan. Siempre se han llevado mal, desde los tiempos antiguos. Nadie sabe de dónde viene esta enemistad.

Algunos dicen que es porque, en el pasado, los dragones verdes atacaron a los grises y taparon con piedras las puertas de sus grutas. Otros dicen que es porque, hace muchos años, los dragones grises atacaron a los verdes y quemaron los árboles de su valle.

La verdad es que nadie se acuerda de lo que ocurrió. Pero no importa. Los dragones verdes están convencidos de que los grises son sus enemigos. Y a la inversa.

Las otras criaturas del reino se ríen a veces de las manías de los dragones. Pero cuando estos se enfadan y empiezan a escupir fuego, dejan de reírse. Los dragones son muy peligrosos cuando están enfadados: pueden destruirlo todo con sus llamaradas. Por eso, ni los gigantes, ni los ogros, ni las hadas ni los duendes se meten con ellos.

Los únicos que se atreven a vivir cerca de los dragones son los trasgos. Pero es que los trasgos no se asustan por nada. Son extraños y revoltosos, y les encanta gastar bromas.

Art es un dragón verde. Su madre, Livia, es la jefa de los dragones del Gran Valle. Livia es muy valiente, y todos en el valle la respetan. Por eso lleva las alas llenas de medallas.

Lo que Livia no sabe es que su hijo Art tiene un secreto. Un secreto muy, muy importante.

Resulta que la mejor amiga de Art es Elsa. Y Elsa es una dragona de la Alta Montaña.

Art y Elsa se hicieron amigos por casualidad. Sucedió en un día de verano. Art se estaba bañando en el río que separa el Gran Valle de la Alta Montaña. De repente, se metió en un remolino de agua que casi lo arrastra al fondo. Entonces vio una rama muy larga y se agarró a ella. Gracias a la rama consiguió trepar a la orilla. Y allí vio a Elsa. Era ella la que estaba sujetando la rama.

Art le dio las gracias a Elsa por haberle salvado la vida. Ni siquiera se fijó en que era una dragona gris. Se pusieron a hablar y descubrieron que les gustaban las mismas cosas: cazar libélulas, volar cometas y lanzar llamaradas al cielo al atardecer, porque con los colores del sol parecen fuegos artificiales.

Desde entonces son muy amigos sin que nadie lo sepa. Siempre que pueden se escapan y se encuentran junto al río para jugar un rato.

Pero quizá tengan que dejar de ser amigos, porque algo terrible ha pasado.

Los dragones verdes y los dragones grises se han declarado la guerra.

Capítulo 2

Todo empezó esta mañana. Art estaba desayunando en la cocina cuando oyó voces en el jardín de la casa.

Con una taza de leche en la mano, Art se asomó a la ventana para ver lo que pasaba. Lucius, el consejero de Livia, estaba hablando con su madre, y se le notaba muy nervioso. Lucius es un dragón bajito, barbudo y cascarrabias. Siempre parece enfadado por algo.

—La Laguna de los Sueños, nuestra laguna mágica, ha sido contaminada —estaba explicando Lucius—. ¿Es que no me has oído, Livia? Y han sido ellos, los dragones grises.

—A ver, a ver —contestó Livia, la madre de Art—. ¿Por qué estás tan seguro de que han sido los dragones grises?

Lucius se retorció desesperado la punta de su barba.

—La laguna ha aparecido teñida de rojo. De rojo, ¿comprendes? Y el olor que despide se reconoce al instante: ¡mermelada de frambuesa!

Al oír aquello, Art casi dejó caer la taza del susto. Los dragones grises, además de escupir fuego por la boca, también pueden escupir, cuando quieren, mermelada de frambuesa. Y la mermelada de frambuesa es un veneno mortal para los dragones verdes.

—Es muy sospechoso —reconoció Livia—. Pero no debemos sacar conclusiones apresuradas. Puede que la mermelada de frambuesa haya llegado a la laguna por accidente.

—¿Por accidente? —vociferó Lucius—. No, Livia. No ha sido por accidente. Mis espías me han dicho que han sido los dragones grises. Dos de ellos vinieron esta noche y envenenaron la laguna. Es una provocación. Quieren guerra... ¡y la tendrán!

Livia meneó la cabeza con gesto preocupado.

—Iremos a la guerra, si no hay más remedio —dijo—. Escribiré una carta a Orcis, el jefe de los dragones grises, pidiéndole explicaciones. Y si no me las da, declararemos la guerra.

Justo entonces se oyeron unos tambores lejanos. Sonaban insistentes y amenazadores. Lucius volvió a retorcerse la barba.

—Ya no hará falta que escribas esa carta, Livia —dijo—. Ni que les declares la guerra a los dragones grises. Ese ruido de tambores viene de la Alta Montaña. Y ya sabes lo que significa...

—Sí. Significa que nos están declarando la guerra ellos a nosotros —contestó Livia muy seria—. Pero ¿por qué? ¡Se han vuelto locos!

Art se apartó de la ventana, dejó la taza en la mesa de la cocina y miró hacia la montaña.

No entendía nada nada de lo que estaba pasando. Pero sabía que tenía que hablar con su amiga Elsa. Ella le explicaría lo que estaba ocurriendo con los dragones grises.

Art tomó aliento, abrió la ventana de atrás de la cocina y salió volando hacia el río.

Capítulo 3

Art y Elsa siempre se encuentran en el mismo lugar junto al Largo Río. Es un bosquecillo de sauces, muy fresco y agradable en verano.

Art llegó al bosquecillo y esperó y esperó, pero Elsa no venía, y él cada vez se sentía más preocupado. Estaba preguntándose qué hacer cuando por fin vio aparecer a su amiga entre los árboles.

—¿Por qué nos habéis declarado la guerra? —le preguntó—. No os hemos hecho nada. Y vosotros vais y nos envenenáis la laguna mágica con vuestra asquerosa mermelada de frambuesa.

—La mermelada de frambuesa no es asquerosa —contestó Elsa enfadada—. Es deliciosa, y a todo el mundo le gusta, menos a vosotros, los dragones verdes.

—No es que no nos guste, es que es un veneno para nosotros. ¿Es que no lo entiendes? —preguntó Art casi a gritos.

—Sí. Lo entiendo, porque a nosotros nos pasa lo mismo con vuestros apestosos bombones de chocolate.

Los dragones verdes tienen el poder de escupir bombones además de escupir fuego. Unos bombones que a todas las criaturas del reino de Donor les parecen exquisitos. A todas, menos a los dragones grises. Para ellos, los bombones son un veneno.

—Bueno, pero nosotros no os hemos ensuciado vuestra agua con nuestros bombones —contestó furioso Art.

—No, habéis hecho algo mucho peor —vociferó Elsa—. ¡Habéis pintarrajeado con vuestro apestoso chocolate nuestra roca mágica!

Al oír aquello, Art abrió unos ojos como platos.

—Un momento, espera —dijo—. ¿Es por eso por lo que tu pueblo le ha declarado la guerra al mío?

—¡Claro! —contestó Elsa—. Es una provocación, no lo negarás.

—Elsa, nosotros no hemos pintarrajeado vuestra roca mágica —dijo Art muy serio—. Yo soy el hijo de Livia, que es la jefa de nuestro pueblo. Si ella hubiese ordenado pintarrajear la roca, yo me habría enterado. Te prometo que no hemos sido nosotros.

—A lo mejor lo ha hecho algún dragón verde sin que tu madre se entere. Dice Guerta, la consejera de nuestro jefe Orcis, que sus espías han visto a un dragón verde pintarrajeando la roca.

—Ya. Y Lucius, el consejero de mi madre, dice que sus espías han visto a dos dragones grises envenenando la laguna. Qué raro. Todo en el mismo día...

Elsa y Art se miraron.

—¿Y si los espías estuviesen mintiendo? —preguntó Elsa—. ¿Y si nos estuviesen engañando a todos?

—Pero ¿por qué? ¿Para qué? —dijo Art—. ¿Para que estalle una guerra?

Elsa meneó la cabeza pensativa.

—Lo sé. Parece una tontería. Pero deberíamos investigar, por si acaso. ¿Y si todo es un malentendido gigante y por culpa de ese malentendido empieza la batalla?

—Habrá muchos dragones heridos —dijo Art en voz baja—. Y muertos.

Elsa agitó las alas.

—A lo mejor todavía podemos parar esto —afirmó—. Volvamos cada uno a nuestro pueblo. Intenta hablar con vuestros espías y averiguar qué vieron realmente. Yo haré lo mismo con nuestros espías.

—Pero antes tendremos que enterarnos de quiénes son —dijo Art—. Los espías hacen su trabajo en secreto. Nadie sabe que son espías.

—Ya. Pues eso es lo que tenemos que descubrir. Quiénes son, qué han visto, si es que han visto algo. Y por qué mienten, si es que mienten.

—De acuerdo. Investiga todo lo que puedas y yo haré lo mismo. Nos vemos aquí esta noche para contárnoslo todo.

Elsa asintió en silencio. A lo lejos se oían los tambores de la Alta Montaña. Y también se oían los tambores del Gran Valle.

—Están preparándose —murmuró Elsa—. Si no hacemos nada para impedirlo, la batalla será mañana.

—Sí. Pero a lo mejor todavía podemos parar esta locura —contestó Art—. ¡Hasta esta noche, Elsa! Y ten mucho cuidado...

—Sí. Tú también, Art.

CAPÍTULO 4

De vuelta en el valle, Art decide ir a vigilar la casa de Lucius. Sin que nadie lo vea, se mete en su jardín y se esconde justo debajo de la ventana de su despacho, entre unos arbustos.

Al principio se aburre mucho. Dentro de la casa todo está tranquilo, y no se oye ninguna voz. El único sonido que llena el valle es el de los tambores de guerra. Y como siempre suenan igual, uno se termina acostumbrando.

Art está a punto de quedarse dormido, cuando lo despiertan unos pasos en el despacho de Lucius. Se asoma con cuidado y ve al viejo consejero junto a su mesa. Parece nervioso y agotado.

Lucius se sienta en su escritorio y empieza a escribir. Art no lo pierde de vista. Pero mirar sin parar al viejo consejero no es demasiado divertido. Y además, no sirve de mucho.

«Si esto sigue así, no voy a averiguar nada sobre los espías de Lucius —piensa Art preocupado—. A lo mejor debería pensar en un plan nuevo...».

Justo en ese momento se abre la puerta del despacho. Art intenta ver quién entra. Pero al principio no ve a nadie, y tampoco oye pasos.

De repente, ve saltar a una pequeña criatura sobre la mesa de Lucius. El pobre consejero pega un brinco en su sillón, del susto.

—¡Uluk! ¿De dónde sales? —pregunta.

Uluk es el jefe de los trasgos. Es una criatura inquietante y extraña, con grandes ojos verdes y una larga mata de pelo negro en la cabeza.

—Me dijiste que te trajera información, ¿no? —contesta con voz chillona—. Pues a eso he venido.

Lucius mira a derecha e izquierda, como si temiera que alguien los oyese.

—Habla más bajo —pide—. Se supone que los espías deben ser silenciosos, ¿es que no lo sabes?

Uluk da una voltereta sobre el escritorio y vuelca un tintero que mancha todos los papeles de Lucius. El trasgo se echa a reír a carcajadas.

—Yo hago lo que quiero y hablo como quiero —contesta—. ¿Te interesa la información o no?

El pobre Lucius intenta limpiar la tinta con unos pañuelos de papel.

—A ver, cuéntame —suspira.

—Antes, los bombones —exige Uluk, colgándose de la barba del viejo dragón.

—¡Ay, suelta! ¡Me haces daño!

Lucius tose un poco, luego un poco más, y luego, con la tercera tos, escupe media docena de bombones. Uluk le suelta la barba y se pone a recoger los bombones. Se los mete todos en la boca y se pasa un buen rato masticando.

—Ummmm... Riquísimos —dice—. ¡Dame más!

—Antes, la información —responde Lucius.

Uluk da otra voltereta sobre la mesa, pero esta vez no tira nada.

—Los dragones grises atacarán el valle al amanecer —dice—. Cruzarán el Largo Río volando y luego se esconderán entre los árboles para sorprender a vuestro ejército.

Lucius asiente en silencio.

—Me lo imaginaba —dice—. Pues nosotros atacaremos antes. Nos adelantaremos. Esta madrugada cruzaremos el Largo Río volando y nos esconderemos detrás de las rocas de la Alta Montaña para sorprenderlos a ellos.

Art sale de entre los arbustos y abandona el jardín de Lucius sin hacer ruido. Los tambores de guerra siguen sonando.

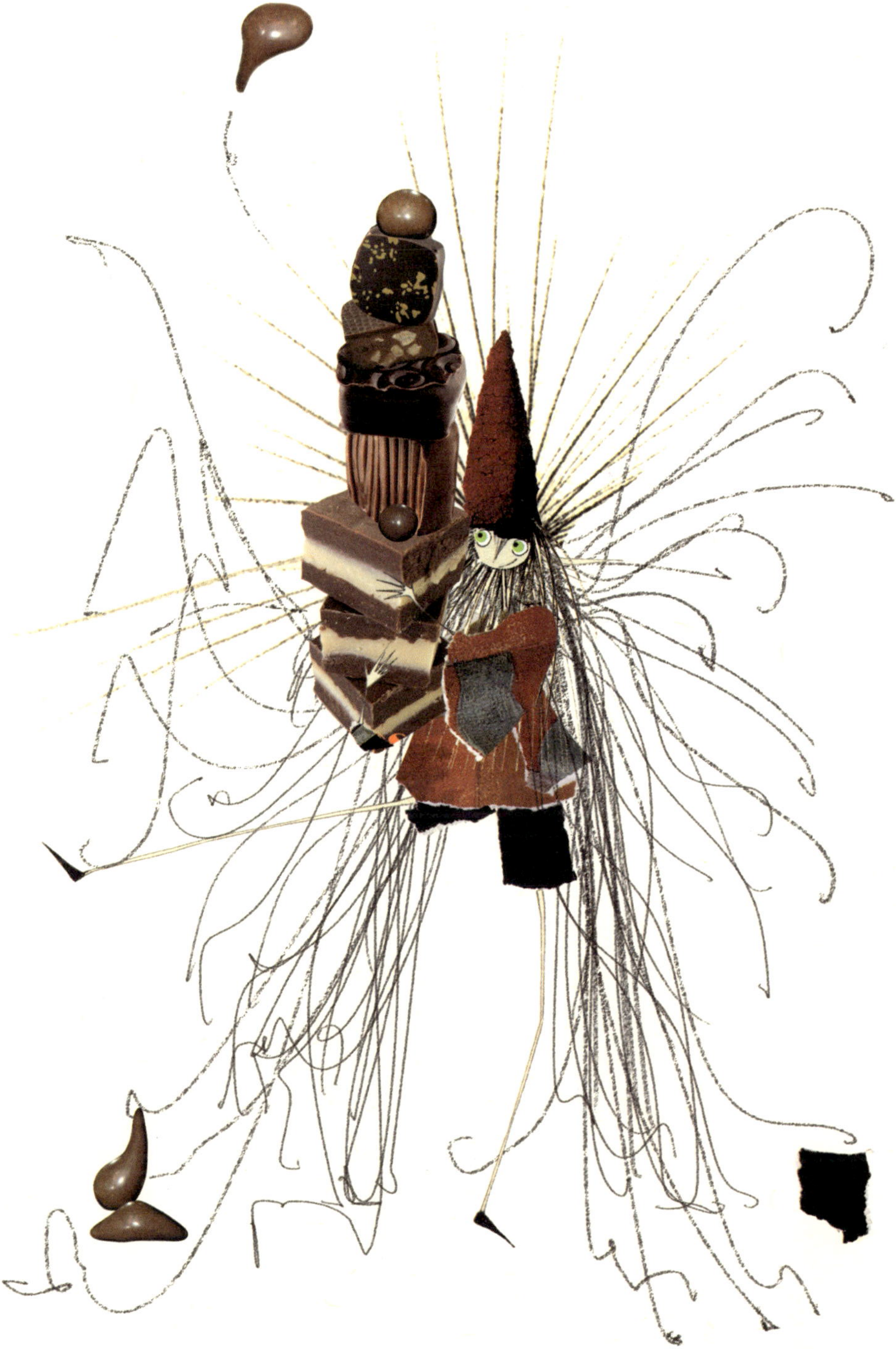

Ya sabe quién es el espía de Lucius.

Y también sabe que no es de fiar.

Uluk, el trasgo, solo quiere bombones y más bombones. Haría cualquier cosa para conseguirlos. Incluso envenenar la laguna mágica para decir después que han sido los dragones grises...

Art se dirige pensativo al río. No está seguro de nada. Necesita hablar con Elsa cuanto antes y contarle lo que ha visto, a ver qué piensa ella. Quizá Elsa haya averiguado algo más.

Capítulo 5

Art espera un buen rato a Elsa junto al río. Por fin la ve llegar revoloteando entre los sauces.

—No te puedes imaginar lo que he descubierto —dice Elsa nada más posarse en el suelo—. ¡El espía de Guerta es Uluk! Uluk, el trasgo... Le da información a cambio de mermelada de frambuesa. Y yo creo que es información falsa. ¡No me extrañaría que fuese él el que pintarrajeó la roca!

—¡Uluk es también el espía de Lucius, el consejero de mi madre! —contesta Art—. Está claro que el culpable de todo esto es él. Es un agente doble, espía a la vez para los dragones grises y para los verdes. Así consigue bombones y mermelada de frambuesa.

—Sí. Los dos alimentos preferidos de los trasgos —dice Elsa—. Tenemos que contárselo a los demás. Así pararemos la guerra.

Pero Art no está de acuerdo.

—Antes de contarlo debemos conseguir pruebas de que ha sido Uluk. Sin pruebas, no nos creerán.

Elsa se rasca el ala derecha mientras piensa.

—Ya sé. Iremos a buscar a Uluk y le obligaremos a confesar la verdad.

—Eso no va a ser tan fácil... ¿Por qué iba a querer confesar la verdad? Le va muy bien con todo este lío. Mientras nosotros nos enfrentamos, él consigue todo lo que quiere de los dragones verdes y de los dragones grises.

—Todo lo que quiere —repite Elsa—. Todo lo que quiere...

En su gran boca de dragona comienza a dibujarse una sonrisa.

—¡Claro, eso es! ¿Te das cuenta?

—¿De qué? —pregunta Art sin entender.

—Lo que quiere Uluk son dos cosas: bombones y mermelada de frambuesa. ¿Y si le ofrecemos un trato?

—Le daremos bombones y mermelada a cambio de que confiese lo que ha hecho —dice Art—. Pero no sé si tu pueblo y el mío le creerán. Está claro que Uluk no es de fiar.

—Bueno, al menos hay que intentarlo. Vamos a buscarlo, yo sé dónde vive —dice Elsa—. Los trasgos tienen su aldea en el Viejo Árbol Seco. Está a muy pocos kilómetros de aquí.

Capítulo 6

Cuando Elsa y Art llegan volando a la aldea de los trasgos ya se ha hecho de noche. La luna ilumina las ramas del Viejo Árbol Seco, donde se está celebrando una fiesta.

Los trasgos bailan y cantan al son de una música de flautas y panderetas. Muchos están comiendo bombones o mermelada de frambuesa. Tienen todas las caras manchadas de chocolate y mermelada, y parecen un poco mareados de tanto comer.

Desde su cabaña en la rama más alta, Uluk contempla divertido la fiesta. Está tan distraído que no se da cuenta de que dos dragones se acercan volando en la noche. Elsa lo agarra por un brazo y Art por el otro. Así se lo llevan por el aire hasta un claro del bosque, lejos del árbol de los trasgos.

Cuando dejan a Uluk en el suelo, está temblando de miedo y de furia.

—¿Pero qué hacéis? ¿Por qué me habéis traído aquí? ¿Quiénes sois vosotros?

—Yo soy Elsa, y este es Art —contesta Elsa—. Somos amigos.

Uluk los contempla a la luz de la luna.

—No podéis ser amigos —dice—. Una dragona gris y un dragón verde no pueden ser amigos.

—¿Por qué? ¿Porque a ti no te conviene? —pregunta Art—. Sabemos lo que has hecho, Uluk. Sabemos que has sido tú quien ha provocado la guerra entre nuestros pueblos. Tú manchaste la roca de chocolate y envenenaste la laguna con mermelada de frambuesa.

Uluk sonríe y da una voltereta.

—Claro que lo hice yo. ¿Y qué? Nadie os creerá. Los dragones grises están deseando creer que los dragones verdes son sus enemigos. Y los dragones verdes están deseando pelearse con los dragones grises. Yo solo les he ayudado un poquito para que consigan lo que quieren. Así que dejadme en paz.

—No. Tienes que decir la verdad antes de que empiece la batalla —dice Elsa—. La guerra parará si los dos bandos comprenden que los has engañado.

—Pero yo no quiero decir la verdad —contesta Uluk tranquilamente—. A mí me va muy bien que vuestros pueblos se peleen. Gracias a eso consigo todos los bombones y toda la mermelada de frambuesa que necesito para mí y para mi pueblo.

—Puedes conseguirlos de otra manera —asegura Art—. Si dices la verdad, convenceremos a nuestros pueblos para que te den todos los bombones y toda la mermelada de frambuesa que quieras.

Uluk se rasca la barbilla y da una doble voltereta en el aire. Está pensando.

—No sé. No sé —repite, y sigue dando volteretas—. ¿De verdad puedo fiarme de vosotros?

—Sí. Pero necesitamos una prueba de que has sido tú el que lo ha hecho todo —dice Elsa—. Si no, nadie nos creerá.

—Tengo una prueba —contesta Uluk con los ojos brillantes—. ¿Alguna vez habéis oído hablar de una cosa llamada «teléfono móvil»?

Elsa y Art se miran.

—No, nunca —confiesan.

—Es un aparato que tienen los humanos —explica Uluk—. La última vez que estuve en una ciudad humana robé uno de ellos. Es este, ¿lo veis?

Uluk saca un teléfono móvil bastante sucio del bolsillo de su pantalón y se lo enseña a los dos dragones.

—Es divertido, y sirve para muchas cosas —explica—. También para grabar.

—Espera... ¿Has grabado cómo pintarrajeabas la roca y cómo envenenabas la fuente? —pregunta Art.

—Por supuesto —contesta Uluk—. Estaba esperando a que vuestra guerra terminase para subir los vídeos a Internet y que todo el mundo se riese.

—Pues yo no le veo la gracia —dice Elsa muy enfadada—. Dame ese aparato y ven con nosotros. Con un poco de suerte, conseguiremos parar esta locura antes de que empiece la batalla.

CAPÍTULO 7

En ese momento se oye un estruendo enorme de trompetas y tambores. Suena muy cerca. Parece que los dragones grises han decidido adelantar su ataque.

Pero los dragones verdes no se han quedado atrás. Enseguida se oyen sus tambores y sus gritos de guerra. Los dos ejércitos se encuentran muy cerca uno de otro. La batalla está a punto de comenzar.

Elsa y Art se miran y no necesitan decir nada. Los dos saben lo que deben hacer.

Cada uno agarra por un brazo a Uluk y se lo llevan volando hasta la llanura junto al río donde va a empezar el combate.

Bajo la luz de la luna, los dos ejércitos parecen enormes y amenazadores. Los dragones grises llevan escudos grises y armaduras grises. Los dragones verdes llevan escudos naranjas y armaduras azules. Los escuadrones de dragones voladores están preparados en los dos bandos para lanzarse sobre el enemigo.

—Tenemos que llamar su atención para que nos escuchen —dice Art—. ¿Qué tal si lanzamos un poco de fuego por la boca?

Art y Elsa lanzan dos llamaradas, con cuidado de no chamuscar a Uluk. El pobre trasgo está asustadísimo.

Un murmullo de voces recorre los dos ejércitos.

—¡Eh! ¿Quiénes sois vosotros? —grita Lucius desde el bando de los dragones verdes.

—Quitaos de en medio —grita Guerta desde el bando de los dragones grises—. La batalla va a empezar.

Art y Elsa se han posado con Uluk junto al río, justo en mitad del campo de batalla.

—Tenemos pruebas de que la roca mágica fue pintarrajeada por un trasgo —grita Elsa a pleno pulmón.

—Sí. Y el mismo trasgo envenenó la laguna mágica —añade Art en el mismo tono—. Es Uluk, y está aquí para confesarlo. Además, tenemos pruebas.

A lo lejos, Art ve a su madre cuchichear con sus generales y sus consejeros.

En el bando de los dragones grises, el jefe Orcis habla con Guerta y otros oficiales.

Finalmente, los jefes de los dos bandos se dirigen hacia donde están Elsa, Art y Uluk. Los tambores y las trompetas han dejado de sonar. El jefe Orcis y la jefa Livia avanzan en medio de un profundo silencio.

Cuando llegan a donde están el trasgo y los dos dragones niños, Livia mira a su hijo.

—Espero que esto no sea una broma —le dice—. La guerra es algo muy serio, Art.

—Ya lo sé —contesta Art—. Por eso queremos evitarla. Mira esto, mamá. Mira la pantalla de este aparato. Uluk grabó cómo envenenaba la laguna mágica.

Livia y Orcis juntan sus cabezas para mirar el vídeo que Uluk les muestra en el móvil. En él se ve al trasgo echando varios tarros de mermelada de frambuesa al agua de la laguna mientras se parte de risa.

—¿Lo ves? ¡No fuimos nosotros! —dice Orcis, triunfante.

—Y ahora mira esto, Orcis —pide Elsa—. Uluk también pintarrajeó nuestra roca mágica. No fueron los dragones verdes.

De nuevo Livia y Orcis miran la pantalla del móvil. Ahora sale otro vídeo en el que se ve a Uluk aplastando bombones contra la roca mágica de los dragones grises.

Orcis mira furioso al trasgo.

—¡Así que todo lo has hecho tú! Pero mi consejera Guerta me dijo que habían sido los dragones verdes...

—Yo era su espía. Yo la engañé —confiesa Uluk dando volteretas—. Y también engañé a Lucius.

—¿Por qué lo hiciste? —pregunta Livia muy enfadada.

—Para conseguir que Lucius me diera bombones y que Guerta me diera mermelada de frambuesa.

—Le hemos prometido a Uluk que le daremos bombones y mermelada si deja de meterse en los asuntos de los dragones —explica Elsa mirando a Livia.

Livia asiente.

—Eso no es problema. Cumpliremos vuestra promesa, porque gracias a vosotros hemos evitado la guerra.

—Sí —dice Orcis—. Podrían haber muerto muchos dragones por nada. Vosotros dos habéis hecho un gran trabajo. Pero ¿cómo descubristeis la verdad?

—Investigando un poco —contesta Elsa.

—¿Los dos? —pregunta Livia—. Entonces ¿sois amigos?

—Sí, mamá —contesta Art—. Somos amigos desde que Elsa me salvó un día en el río.

—Una dragona gris y un dragón verde que son amigos —murmura Orcis—. Si no lo veo, no lo creo...

—Pues gracias a esa amistad hemos podido parar esta guerra —dice Livia—. Quizá deberíamos aprender de ellos.

—Poco a poco —contesta Orcis—. Primero firmaremos la paz. Y después... Podríamos hacer un esfuerzo para que nuestros pueblos se conozcan mejor.

Livia está de acuerdo.

Los dos ejércitos se retiran y vuelven a sus casas. Art y Elsa se quedan toda la mañana jugando junto al río.

Ahora tienen permiso para verse todos los días. Ya no necesitan esconder su amistad.

Hasta Uluk los ha invitado a su árbol para la fiesta de la Luna Llena. Los trasgos también tienen su lado amable... ¡pero hay que darles bombones y mermelada de frambuesa para que se porten bien!

LAS FICHAS DE PIZCA DE SAL

1 Para observar

1 **Observa la ilustración y describe lo que ves:**

Hay ________ **dragones**.

El más **grande** es de color ________ y lleva una **armadura** de color ________.

El dragón **mediano** es de color ________ y lleva una armadura ________.

Los dragones **pequeños** son de color ________ y ________.

Contenido

El adjetivo

Actividades

Refuerzo: 1 y 2

2 Explica con tus palabras **lo que ves** en esta **ilustración**.

Nombre: ______________________

2 Para comprender lo leído

1 ¿Por qué son amigos **Art** y **Elsa**?

2 ¿Qué dragones **odian** la mermelada de **frambuesa**?

PIZCA DE SAL

Contenido

Interpretación de mensajes visuales y escritos

Actividades

De refuerzo: 1, 2, 3, 4 y 5

2 **Completa las frases escribiendo los nombres que faltan.**

A los **trasgos** les gustan los ____________________

y la ____________________ de

____________________.

Livia es la ____________________ de **Art**.

Los **tambores** y las ____________________ han dejado

de sonar.

Nombre: ____________________

4 Para pensar y relacionar

1 ¿Qué hacen en esta historia **Art** y **Elsa** para conseguir la **paz** entre sus pueblos? Apunta **tres** cosas.

PIZCA DE SAL

Contenido

La guerra y la paz

Actividades

De ampliación: 1 y 2

2 **Si dos amigos tuyos discuten entre ellos, ¿qué harías? Explícalo aquí.**

Nombre: ______________________________

5 Para trabajar valores

1 En grupos de cuatro, hacemos un **mural** sobre la **guerra** utilizando la técnica del colaje. Puedes pegar una **foto** del mural aquí.

Contenidos

La guerra y la paz

Elaboración de murales

Actividades

De ampliación: 1 y 2

En equipo: 1

Interdisciplinar con Plástica: 1

2 **Tacha los verbos que no concuerdan con el sujeto.**
Copia debajo la frase escribiendo la forma verbal correcta.

No fue los dragones verdes.

Uluk también pintarrajearon nuestra roca mágica.

¡Así que todo esto lo habéis hecho tú!

Yo éramos su espía.

Nombre: ____________________

7 Para desarrollar la creatividad

1 Con **plastilina** de colores, intenta crear un **dragón** y un **trasgo**. Ponles nombre y descríbelos aquí.

PIZCA DE SAL

Contenido

La guerra y la paz

El nombre

Actividades

De ampliación: 1 y 2

Interdisciplinares con Plástica: 1 y 2

2 Ahora **dibuja** los personajes que has creado y **escribe** en los bocadillos lo que dice cada uno.

Nombre: ______________________________

8 Para buscar información

1 **Pídele a una persona mayor que te explique una guerra que haya ocurrido de verdad. Apunta aquí:**

Dónde ocurrió: ______

Cuándo ocurrió: ______

Por qué fue la guerra: ______

______

Quién ganó: ______

______

Contenido

La guerra y la paz

Actividades

Complementarias: 1 y 2

2 **Inventa una conversación entre Livia y Uluk durante la fiesta de la paz y escríbela aquí.**

Livia: ____________________

Uluk: ____________________

Livia: ____________________

Uluk: ____________________

Nombre: ____________________

10 Para comprender lo leído

1 **Lee en voz alta estos versos de Gloria Fuertes.**

Solo tres letras, tres letras nada más,
solo tres letras que para siempre aprenderás.
Solo tres letras para escribir ***PAZ****.* [...]

La ***P*** *de pueblo, la* ***A*** *de amar,*
y la ***Z*** *de zafiro o de zagal.*
De zafiro por un mundo azul.
De zagal por un niño como tú.

a) Pregunta el significado de las palabras que no sepas para entender el poema.

b) ¿Por qué la palabra **paz** está relacionada con la palabra «pueblo» y con la palabra «amar»? Conversa sobre ello en clase.

PIZCA DE SAL

Contenido

La paz

Actividades

De ampliación: 1 y 2

En equipo: 1

2 Lee otra vez los **versos** anteriores y haz un **dibujo** inspirado en ellos.

Nombre: ______________________

Ana Alonso

La guerra de los dragones

Ilustraciones de Violeta Monreal